Ld $\overset{184\cdot}{44\cdot}$

TRÈS-HUMBLE

ET TRÈS-RESPECTUEUSE

ADRESSE

QUE préfente à l'Affemblée Nationale la Commune toute entiere de la Ville de Strasbourg.

NOSSEIGNEURS,

LA Commune de la Ville de Strasbourg ne vous a encore adreffé que les expreffions de fa gratitude. Remplis d'admiration pour vos travaux, pénétrés de reconnoiffance pour le grand bien-

A

fait de la liberté que vous avez rendue à tout l'Empire François, attachés de cœur & d'efprit à cette fublime Conftitution qui repofe fur la plus parfaite égalité fociale entre les Citoyens, fur cet amour univerfel des hommes, qui ne voit que des freres dans une agrégation de vingt-quatre millions d'individus, nous avons fait le facrifice de tous nos droits particuliers, de toutes les conventions que nos peres nous avoient tranfmifes, de toutes nos convenances locales, de toutes nos habitudes les plus cheres, pour n'être plus que François; & nous le ferons jufqu'à la mort.

C'eft à ce titre de François, qui ne voient dans les Repréfentans de la Nation que des peres conftamment occupés du bonheur d'une feule & même famille, que nous venons avec confiance dépofer dans leur fein les vives inquiétudes qui nous agitent dans ce moment-ci, & les fupplier avec inftance de les faire ceffer.

Nous n'avions point été alarmés des difpofitions du Décret par lequel vous avez maintenu les Juifs Portugais, Efpagnols & Avignonois, dans les droits dont ils avoient joui précédemment. Nous n'y avions vu qu'un grand acte de juftice, & certes il auroit été étonnant que les

Légiflateurs, dont le refpect pour la propriété eft la première regle, n'euffent pas confervé la propriété la plus précieufe, celle des droits de Citoyen François, à des individus qui, ayant mérité fans doute une exception fous l'empire du defpotifme, ne devoient pas la perdre fous celui de la liberté. Nous n'avons vu là qu'une confervation, & non une création ; nous nous fommes repofés fur la différence qui exifte entre les Juifs auxquels il faudroit en donner une nouvelle. Nous avons penfé que la pofition n'étant pas la même, la conféquence devoit néceffairement être différente.

Les Juifs d'Alface n'en ont pas penfé ainfi. Ils ont imaginé que, quoiqu'ils n'euffent de commun avec les Juifs Portugais qu'une origine commune & le même nom, ce nom feul de Juifs alloit les rendre Citoyens François dans toutes les parties de l'Empire ; déjà, NOSSEIGNEURS, ils vous avoient préfenté une pétition dans laquelle leur prétention n'étoit pas douteufe ; déjà ils avoient trouvé des défenfeurs zélés dans une Société particuliere qui s'eft formée parmi nous ; déjà des Mémoires imprimés pour eux annonçoient leur intention de fe répandre dans notre Ville avec d'autant plus d'empreffement, qu'ils en avoient été plus fortement repouffés.

A 2

Pour parer à cette invasion, plusieurs de nos Concitoyens ont suivi la marche qui leur étoit dictée par la Loi. Réunis au nombre déterminé par le Décret qui constitue les Municipalités, ils ont demandé que la Commune fût assemblée, pour constater son vœu sur la question relative à l'admission des Juifs aux droits des Citoyens actifs ; le Conseil général de la Commune s'est empressé de la convoquer ; & dans quinze Assemblées partiaires, composées de personnes de tous les états, l'unanimité la plus entiere a été contre cette admission.

Un vœu aussi général est sans doute un terrible argument contre les Juifs ; il est impossible d'imaginer que ce vœu ne soit fondé que sur des préjugés populaires ; & si les Législateurs eux-mêmes ont pensé que la Loi n'est bonne qu'autant qu'elle se met au niveau de l'opinion publique, jamais cette opinion publique n'a été plus fortement prononcée.

Nous ne craignons pas davantage que les Représentans de la Nation veuillent nous faire un crime de chercher à nous prémunir contre les effets funestes d'un Décret dont nous étions menacés, que les protecteurs des Juifs vantoient d'avance comme une conséquence nécessaire de

la déclaration des droits de l'homme , que des
Députés même de l'Assemblée Nationale nous
annonçoient comme devant être incessamment
rendu. Nous reconnoissons que la Loi ayant
une fois les caracteres que lui donnent ce titre
sacré , il ne reste plus d'autre parti à prendre
que celui de la soumission & de l'obéissance ;
mais il n'y a qu'un Peuple esclave qui puisse être
condamné à attendre en silence la Loi qui lui
sera dictée , & il est de l'essence d'un Peuple
libre d'éclairer ses Législateurs sur les Loix
qui ne sont que préparées , puisque la Loi n'est
autre chose que l'expression de la volonté générale.

C'est ainsi que vous l'avez pensé vous-mêmes ,
vous, NOSSEIGNEURS, qui , Représentans d'un
Peuple que vous avez rendu libre , avez voulu
avant tout vous investir de l'opinion publique ;
vous avez pensé que l'admission indéterminée
des Juifs aux droits de Citoyens actifs ne déri-
voit pas nécessairement de la déclaration des droits
de l'homme , puisque vous n'avez prononcé que
sur le sort de quelques individus de la Nation
Juive. En vous déterminant à ajourner la question
sur les droits à accorder aux autres Juifs, vous
avez senti que des considérations majeures pou-

voient amener des exceptions au principe général ; & ce font ces confidérations que nous vous
foumettons avec d'autant plus de confiance, que
nous avons cru y être en quelque forte invités
par l'ajournement que vous avez prononcé.

Nous fommes bien éloignés de vouloir rendre
les Juifs odieux, en nous reportant aux époques
de notre Hiftoire, qui femblent accufer leurs
peres de crimes atroces, ou au moins de com-
plots odieux. Si ces crimes ont été avérés, la
vengeance l'eft également, & nous défirerions que
le crime ainfi que la vengeance fuffent effacés
de notre Hiftoire, comme il n'en refte aucune
trace dans nos cœurs.

Nous fommes également éloignés de chercher
dans la différence de la Religion que les Juifs
profeffent un motif d'exclufion des droits de
Citoyen. Si nous les croyons dans l'erreur, nous
nous bornons à les plaindre ; & nulle part peut-
être il n'a été mieux prouvé que malgré la di-
verfité de croyance, tous les François étoient
égaux à nos yeux ; qu'ils avoient les mêmes
droits à exercer comme les mêmes devoirs à
remplir.

L'idée des droits à exercer amene néceffairement celle des devoirs à remplir, & les pre-

miers ne doivent pas être accordés à ceux qui font incapables de fatisfaire aux feconds ; & c'eft le cas dans lequel fe trouvent les Juifs.

Ils prétendent à la vérité que les charges publiques pefent fur eux comme fur les Chrétiens, & il eft au-moins douteux qu'ils foient véritablement de bonne foi quand ils veulent parler de proportion. Qu'ils calculent avec fincérité leur fortune réelle, celle qui eft apparente & celle qui échappe à l'impôt; qu'ils la comparent avec les richeffes des autres Citoyens; qu'ils calculent enfuite la maffe des impofitions qui pefent fur nous avec celles qu'ils fupportent, & qu'ils nous difent de quel côté penchera la balance. Qu'ils nous difent, ces Juifs qui parlent de facrifices faits à la chofe publique, fi dans tous les temps, dans les momens des befoins les plus preffans, ils n'ont pas employé toutes les reffources de leur crédit, toutes les fineffes de l'intérêt pour échapper aux augmentations que les autres Citoyens étoient obligés de fupporter. Qu'ils nous difent fi, dans le moment où la corvée en nature pour la confection des routes, a été convertie en une preftation en argent, ils n'ont pas fait tous leurs efforts pour échapper à cette impofition, en prétendant que

l'exemption dont ils avoient joui fous le prétexte de leur Religion , devoit encore exifter lorfqu'il étoit queftion de contribuer de leur bourfe.
Et ce font ces hommes , toujours récalcitrans
lorfqu'il s'agiffoit de contribuer aux befoins de
la Société , qui veulent participer aux avantages
de cette même Société.

Dans la pétition que les Juifs vous ont pré-
fentée dans le Mémoire qui a été rédigé en
leur faveur, l'on annonce qu'à l'avenir ils fup-
porteront comme tous les autres François leur
portion des impofitions deftinées aux dépenfes
publiques. Nous ne voyons dans cette offre qu'un
peu plus d'argent qu'ils confentent de facrifier.
Mais les Juifs croient-ils donc que l'argent fuffit
à tout, que l'argent doit tenir lieu de tout ?
Penfent-ils que le devoir du Citoyen fe borne
à faire le facrifice d'une portion de fa fortune
particuliere pour la défenfe , pour le maintien
de la fortune générale ? Il eft des devoirs per-
fonnels à remplir, des devoirs indépendans de
la fortune ; & ce font ces devoirs que jamais
les Juifs ne pourront remplir avec les Chrétiens
tant qu'ils refteront attachés à leur Loi.

C'eft moins nous qui les repouffons que nous
ne fommes repouffés par eux. A leurs yeux nous

fommes des profanes qui fouillons tout ce que nous touchons ; & leur Loi leur défend comme un crime de faire ufage d'autres comeftibles, d'autres boiffons, que de ce qu'ils ont eux - mêmes préparés dans ce genre. Pour nous borner à un feul exemple de l'impoffibilité de la réunion propofée par les Juifs, nous le demandons à tout homme non prévenu, aujourd'hui que tout Soldat eft Citoyen, & que tout Citoyen doit être Soldat, eft-il poffible qu'avec un préjugé femblable, les Juifs puiffent fe réunir avec les Chrétiens pour voler au fecours de la Patrie, fi elle étoit attaquée ? Eft-il poffible que les uns & les autres puiffent vivre fous la même tente ? Et fi les Juifs ne peuvent pas être Soldats, ils ne peuvent pas être Citoyens. Cet exemple pourroit s'appliquer à mille cas de la même efpece.

L'on nous objectera fans doute que nous parlons ici de préjugés ; que cette répugnance de la part des Juifs eft moins fondée fur leur Loi, que fur les fuperftitions que les hommes y ont ajoutées. Mais qu'importe que ce foit préjugé, fuperftition, fi les Juifs le regardent comme un article de leur croyance, s'ils y font invinciblement attachés, fi leur confcience leur en fait une regle de leur conduite ? Ne favons-nous pas tous que malheureufement dans toutes les Religions les

A 5

hommes tiennent plus aux pratiques extérieures de la Religion, qu'aux grands principes de la morale qu'elle enseigne, & que souvent ce que d'autres hommes y ont ajouté, fait plus d'impression que ce qui a véritablement été prescrit par le Légiflateur ?

Quelque chose que l'on fasse, il existera toujours un mur de séparation entre les Juifs & les Chrétiens. La raison devroit le détruire, mais le préjugé le soutiendra long-temps encore. La Loi des Juifs leur défend de se mêler avec les autres Nations; tout ce qui n'est pas Juif doit être étranger pour eux ; & tant que cette opinion subsistera, la Nation Juive fera toujours une Nation dans une Nation : il n'y aura jamais entre eux & nous une véritable Société, parce qu'une Société bien ordonnée ne peut exister qu'avec toutes les communications réciproques ; & les Juifs ne peuvent, suivant leur Loi, en avoir que très-peu avec nous. Et pourquoi traiterions-nous les Juifs comme Membres de notre Société, comme nos Concitoyens, lorsque ces mêmes Juifs nous regardent & doivent nous regarder comme des étrangers, & que dans leurs principes ils esperent toujours d'avoir un Roi qui doit leur soumettre toutes les autres Nations? & rien n'est plus opposé à la sociabilité qu'une opinion de ce genre.

Que feroit-ce donc fi ces Juifs qui demandent à jouir des avantages de la Société , fans pouvoir remplir les conditions du contrat focial qui pref- crit les devoirs , étoient nuifibles à cette même Société ? Nous fommes fâchés de le dire , mais jufqu'ici nous n'avons que trop éprouvé combien ils étoient pernicieux. Que l'on ouvre les regiftres de nos Tribunaux , & dans un grand nombre de procédures deftinées à conftater les délits qui blef- fent la Société , l'on y verra figurer un Juif au moins comme receleur. Que l'on examine leur conduite dans ce qu'ils appellent le Commerce, & qui feroit mieux appelé le brigandage , on les verra conftamment occupés de toutes parts à guetter les befoins , à les faire naître peut-être , à pré- fenter des appâts trompeurs , à augmenter ces mêmes befoins par des facilités perfides , à exciter les jeunes gens & les domeftiques à leur porter les objets de leur commerce , & à n'abandonner les victimes de leur cupidité que lorfqu'ils ont confommé leur ruine.

Ce tableau , qui n'eft malheureufement que trop reffemblant , ne porte pas fans doute fur tous les Juifs. Il en eft fans contredit qui doi- vent leur fortune à des moyens que la probité & la délicateffe peuvent avouer ; mais il eft égale- ment démontré que ce tableau n'eft point chargé.

relativement au plus grand nombre de ceux qui
font répandus en Alſace.

Quelques Ecrivains ont penſé qu'il étoit d'autant
plus difficile d'eſpérer que les Juifs renonçaſſent
à des manœuvres réprouvées par la probité, que
non ſeulement leur Loi ne leur en faiſoit pas un
crime, mais encore qu'elle l'autoriſoit vis-à-vis
de ceux qui ne profeſſent pas la même Religion.
Nous ne ferons pas à la Loi ancienne, qui a pré-
cédé & amené la Loi nouvelle, l'injure de croire
à cette aſſertion. Nous ne nous déterminerons jamais à croire que la Religion des Juifs leur
prêche une morale auſſi perverſe. Mais qu'importe que la Loi leur défende ou non de faire
uſage des moyens illégitimes que nous leur reprochons, s'ils les employoient tous les jours ; &
que fait la morale, ſi elle eſt tranſgreſſée dans la
conduite ? Ce n'eſt point la Religion des Juifs que
nous attaquons, ce n'eſt point leur morale que nous
critiquons ; nous n'en voulons qu'à des vices qui
ſont ſi habituels, qu'ils ſemblent inhérens à
l'exiſtence de ceux qui en ſont infectés ; nous ne
demandons qu'à être préſervés des dangers qui ré-
ſulteroient de leur admiſſion aux droits de Citoyens ;
& nous les redoutons comme des gens vicieux &
corrompus, de quelque part que vienne cette cor-
ruption.

Les Philofophes, en convenant des vices habituels des Juifs, prétendent à la vérité que c'eſt
à nous ſeuls que nous devons attribuer l'exiſtence
de ces vices ; que les Juifs ſont condamnés à y
être éternellement livrés par nos barbares inſtitu-
tions qui les éloignent de toutes les profeſſions hon-
nêtes : ils ſoutiennent que puiſque nous leur in-
terdiſons les moyens légitimes de pourvoir à leurs
ſubſiſtances, il faut bien que le cri de la conſ-
cience ſoit étouffé par celui du beſoin : ils en
concluent que s'ils pouvoient ſe livrer à tout l'eſſor
de l'induſtrie qui eſt l'apanage de l'homme, ils
abandonneroient les moyens illégitimes pour ne
faire uſage que de ceux que l'honnêteté peut avouer
hautement.

Nous ne nous diſſimulons pas que ce raiſon-
nement eſt ſpécieux, qu'il eſt ſéduiſant ; qu'en le
conſidérant d'une maniere iſolée des faits, il force
en quelque ſorte l'aſſentiment de la raiſon. Mais
vous nous permettrez, NOSSEIGNEURS, de vous ob-
ſerver que les raiſonnemens qui portent avec eux
le plus grand air de vérité, viennent échouer contre l'expérience, lorſque cette expérience démontre
le contraire. Le peu de ſolidité de ce raiſonne-
ment eſt prouvé par ce qui s'eſt paſſé dans la
Province dont notre Ville eſt la Capitale, par ce
qui eſt arrivé chez nos voiſins. En 1784, des

Lettres-Patentes contenoient des dispositions particulieres aux Juifs de l'Alface, & en leur donnant un régime elles leur offroient des moyens de se rendre utiles. Qu'est-il résulté de ces dispositions? Ce qui arrivera toujours. Les Juifs ont profité des faveurs qui leur étoient accordées, ils ont négligé les moyens qui pouvoient les leur mériter. En Lorraine, 180 familles Juives ont reçu de Staniflas, le bienfait de l'exiftence civile. En vertu de Lettres-Patentes enregiftrées au Parlement, ils jouiffent dans cette Province de tous les droits de Citoyens. Et cependant, depuis 1751 que cette faveur précieufe leur a été accordée, l'on compte à peine cinq ou fix de ces familles qui fe foient livrées à un commerce honnête & avoué. Tous les autres fe font livrés à ce commerce obfcur, que la clandeftinité feule rendroit fufpecte ; ils s'andonnerent à toutes les manœuvres pernicieufes dont nous nous plaignons. Pas un feul ne s'eft adonné à l'Agriculture, pas même à la culture de leurs jardins ; ils ne fe font livrés à aucun métier utile ; & en Lorraine comme en Alface, le plus grand nombre des Juifs eft regardé comme un fléau. Ceux qui connoiffent tous les actes de bien faifance dont la Lorraine eft redevable à Staniflas, regrettent tous les jours que celui que ce Roi Philofophe a exercé envers les Juifs foit devenu par le fait une difpofition nuifible à une Province dans laquelle fon nom n'eft encore prononcé qu'avec vénération.

Si plus de trente années n'ont pas fuffi pour rendre les Juifs de Lorraine, quoique le nombre des familles fût limité, des véritables Citoyens livrés à des occupations utiles à la Société, que peut-on efpérer des vingt mille Juifs qui font répandus dans l'Alface, qui ont contracté l'habitude de l'ufure, d'un brocantage clandeftin & ruineux? Une expérience de plus de trente années ne doit-elle pas faire craindre que les vices que nous leur reprochons ne foient inhérens à leur caractere particulier, & peut-être à une Conftitution qu'ils nous cachent, & dont ils ne paroiffent vouloir dans ce moment-ci faire le facrifice, que pour abufer d'une maniere plus ouverte du bienfait qu'ils follicitent?

Au furplus, Nosseigneurs, fi les Juifs font de bonne foi, s'ils veulent véritablement devenir Citoyens, fi défirant jouir des avantages de ce titre, ils confentent en même temps à remplir tous les devoirs qu'il impofe, qu'ils renoncent à leurs ufages particuliers; qu'ils ne reconnoiffent d'autre Loi que celle qui fera commune à tous les François; qu'ils détruifent eux-mêmes le mur qui les fépare de nous; qu'ils ne nous confiderent plus comme des profanes & des étrangers ; qu'ils s'établiſſent librement dans les Communes qui conſentiront à les recevoir , qu'ils y exercent les métiers auxquels leur induſtrie pourra les appeler ; qu'ils s'adonnent à l'Agriculture ; qu'ils ſe rendent utiles enfin , alors nous pourrons les recevoir comme nos freres & comme nos Concitoyens : mais dans le moment actuel , nous vous ſupplions avec les plus vives inſtances de ne pas nous impoſer la loi de les admettre comme tels.

Et que viendroient-ils faire parmi nous ? Viendroient-ils augmenter une population déjà proportionnée à l'eſpace dans lequel nous ſommes circonſcrits & au delà duquel nous ne pouvons pas nous étendre ? A quoi pourroit ſervir une augmentation de population , lorſqu'il ne s'ouvre aucune reſſource nouvelle qui puiſſe l'alimenter ? Seroit-ce l'Agriculture ? elle eſt nulle pour notre Ville. Seroient-ce les métiers ? Mais déjà nous voyons avec douleur que les circonſtances malheureuſes dans leſquelles nous nous trouvons , privent beaucoup d'ouvriers des moyens d'exercer leur induſtrie , & par une ſuite néceſſaire , des moyens de ſubſiſtance pour eux & leurs familles. D'ailleurs nos corporations exiſtent, tous les ouvriers exiſtans ont été obligés de paſſer par des épreuves, de faire des premiers ſacrifices d'argent ; & n'y auroit-il pas de l'injustice que les Juifs viennent partager leurs bénéfices sans avoir supporté les charges qui leur ont donné le droit d'y aspirer ? N'y auroit-il pas du danger pour nos Concitoyens, les Juifs n'ayant pas passé par les épreuves qui sont les garans de la fidélité & de l'expérience de l'ouvrier ?

Seroient-ce les Arts ? Mais les Arts ne prospe-rent qu'avec le luxe ; & ce n'est pas dans les momens des besoins les plus pressans que les Arts peuvent trouver un aliment qui excite l'invention ou la perfection.

Seroit-ce le Commerce ? Il ne prospere qu'avec la confiance publique, & cette confiance n'existe qu'avec la bonne foi reconnue. Personne n'ignore que le commerce des Juifs ne subsiste que par des moyens contraires ; & la défaveur occasionnée par leur mauvaise foi, rejailliroit sur le nôtre, & l'un & l'autre seroient inévitablement détruit. Quelle ressource pourroit-il donc rester aux Juifs, si nous les admettions parmi nous ?

Point d'autre que celle que les Juifs ne se pro-curent que trop, celle de l'usure & d'un brocan-tage clandestin : voilà le malheur dont nous de-mandons à être préservés. Nous le redoutons d'au-tant plus que notre Ville renferme dans son sein une jeuneffe nombreufe, que nos établiffemens attirent une jeuneffe étrangere, que nous regardons comme un dépôt précieux, & que la facilité que les Juifs chercheroient à procurer pour fatisfaire les paffions, ne lui feroit contracter que des vices là où nous voudrions ne leur infpirer que l'amour de toutes les vertus.

Tel eft, Nosseigneurs, le vœu unanime de la Commune de Strasbourg. Nous vous fupplions de pefer dans votre fageffe les motifs preffans fur lefquels il eft appuyé. Nous vous l'avons exprimé avec toute l'énergie du fentiment qui nous anime. Nous efpérons que vous voudrez bien l'accueillir. Vous ne voulez que notre bonheur, & nous le croyons attaché à la non-admiffion des Juifs dans notre Ville comme Citoyens.

La Commune de la Ville de Strasbourg forme encore un vœu fecondaire ; & quoique dans fes Affemblées partiaires, il n'ait pas été unanimement prononcé, parce qu'il n'en a pas été queftion dans toutes, il n'eft pas moins certain qu'il eft le vœu général, puifqu'il étoit exprimé d'avance dans le Cahier remis aux Députés. Par un ancien Statut de la Ville de Strasbourg ; aucun Juif ne pouvoit y réfider & encore moins y faire des acquifitions. Au mépris de ces Statuts, & fous

prétexte des entreprises accordées au sieur Cerfbéer
pour le service des troupes , ce Juif a obtenu du
Magistrat, d'après les instances réitérées du Ministre
du Roi , la permission de résider dans notre Ville
pour un hiver seulement. Sur de nouvelles instances , la même tolérance a eu lieu pour la du-
rée du service dont le sieur Cerfbéer étoit chargé,
& lui-même ne l'a demandée que sous cette con-
dition. Une simple tolérance a été bientôt convertie
en abus de la part du sieur Cerfbéer ; il a acquis
clandestinement des maisons pour lui & sa famille;
& sous la dénomination de sa famille , il a attiré
dans notre Ville un essaim considérable d'individus de sa Nation. Le sieur Cerfbéer a depuis obtenu des Lettres-Patentes qui lui accordent tous
les droits de Regnicole ; & quoique le Magistrat
soit opposé à l'exécution de ces Lettres-Patentes , & que le procès soit encore pendant au
Conseil du Roi , la famille du sieur Cerfbéer, ou
du moins les individus nombreux qui sont con-
sidérés comme formant sa famille , ont continué
de jouir de l'habitation parmi nous. Les maux
qui résultent de cette habitation ne sont peut-
être pas aussi graves que ceux qui naîtroient de
l'admission des Juifs aux droits de Citoyen ; mais
enfin ces maux existent , & c'est à vous , Nos-
SEIGNEURS , que nous venons avec la même con-

fiance en demander le remede: Il est évident que
la permission accordée dans l'origine au sieur
Cerfbéer n'a été qu'une simple tolérance accordée momentanément à l'importunité , & qui depuis long-temps n'a plus d'objet. Il est encore
évident que les Lettres-Patentes accordées sur la
demande particuliere du sieur Cerfbéer n'ont
pu déroger à un Statut qui étoit une Loi publique de notre Ville , & qu'au moins l'oppo-
sition judiciaire qui a été formée doit en suspen-
dre l'effet. Nous vous supplions de faire cesser
ces graces abusives , qui ne font autre chose que
des priviléges contraires aux principes que vous
avez consacrés. Nous vous supplions de condes-
cendre aux désirs que nous avons de n'avoir dans
nos murs que des Citoyens qui puissent en remplir les devoirs & jouir des droits qui sont attachés à ce titre.

Signé , Dietrich Maire , Spielmann ,
Hervé , Fischer , Ottmann , Saum , Weber ,
Metzler , Pasquay , Humbourg , Laquiante,
Dorsner , Thomassin , Poirot , Brackenhof-
fer , Grun.

De l'Imprimerie de Moutard , Hôtel de Cluni,
rue des Mathurins.

28